LÉGENDE HÉROÏQUE

DES

Polonais.

Ad arma, ad arma, hostes sunt in urbe !
TITE-LIVE.

A Paris,

CHEZ LES LIBRAIRES DU PALAIS-ROYAL.

1831.

LÉGENDE HÉROÏQUE

DES

POLONAIS.

Lorsque cent peuples indomptables
Sortis des froides régions,
Se précipitent, implacables,
Sur la reine des nations;
Quand ces essaims de fiers barbares,
Huns, Vandales, Germains, Bulgares,
Dans Rome fondent en courroux;
Non moins fier et non moins terrible,
Comme eux le Sarmate invincible
L'abat sous ses glorieux coups!

1.

Le premier sur le Capitole
Volant planter ses étendards,
Il renverse à ses pieds l'idole,
L'orgueil de la cité de Mars.
Ivre de gloire et de vengeance,
Il est sans pitié, sans clémence,
Pour ces tyrans de l'univers,
Qui, durant vingt siècles de crimes,
De ravages et de victimes,
Ont mis tous les peuples aux fers.

Abandonnant les bords du Tibre,
Après ces exploits immortels,
Le Sarmate, devenu libre,
Revoit les foyers paternels :
Il foule en paix la vaste plaine,
Son superbe et natal domaine,
Où des brigands sèment l'effroi ;
Et punit le sanglant Tartare,
De bienfaits et d'honneurs avare,
Comme il punit le Peuple-Roi.

Toujours armé sous une tente,
Le jour et la nuit sans repos,
Il lui porte avec l'épouvante
La mort que donnent les héros.
De combats, de périls avide,
Sur un coursier, tel qu'un Numide,
Le poursuit jusqu'en ses déserts ;
Mais ne doit à la perfidie
Ni les gloires de la Patrie,
Ni les trésors de l'univers.

L'Europe entière encor barbare,
Malgré la douce chrétienté,
Attend un peuple qui répare
La perte de la liberté.
A sa cause toujours fidèle,
Le Sarmate à grands cris appelle
Ses nobles fils sous son drapeau ;
Et ses Palatins' et ses princes,
Ses Castellans', dans ses provinces,
L'exhument tous de son tombeau.

Du Peuple-Roi le légataire
On voit empreint sur l'étendard,
L'aigle qui vole en sa carrière
Fixer du monde le regard.
On voit renaître et les comices,
Et ces héros² dont les services
Brillent à Cannes, au Tésin ;
Et le Forum renaît lui-même
Pour montrer l'équité suprême,
Gloire d'un Peuple souverain !

***

Recouvrant les steppes immenses
De ses rapides escadrons,
Dont la banderole des lances
Voltige au gré des aquilons,
La jeune et noble république,
L'égide du monde, s'applique
A contenir dans leurs forêts
Et les fiers descendants du Dace,
Et ces Walaques dont l'audace
Brave tout, jusqu'à ses bienfaits !

Alors, aux mœurs rudes et fières
De tous ses mâles citoyens,
Succèdent les mœurs moins altières
D'un luxe noblé et de ses biens.
La toque et le sayon d'hermine,
Ou de martre ou de zibeline,
Parent ses jeunes chevaliers ;
Et, flottant sur eux avec grâce,
Un dolman superbe remplace
L'armure de ses vieux guerriers.

Mais, venus du fond de l'Asie,
Ciel ! quels sont ces brigands nouveaux,
Dont l'aveugle et noire furie
Pour escorte a tous les fléaux ?
Sur la Grèce et sur l'Italie,
Versant la mort et l'incendie
Du haut des murs de Constantin,
Les cruels livrent à la flamme
Une cité qui de Pergame
Effaça le brillant destin !

Peuple vainqueur du fier Tartare,
Eh ! qui saura, si ce n'est toi,
Au terrible et puissant barbare
Renvoyer la mort et l'effroi ?
Ah ! lui seul, le vaillant Sarmate,
Dont en tout lieu la gloire éclate,
Peut punir les nouveaux tyrans
De cette Europe dont le monde
Doit à la sagesse profonde
Ses destins les plus éclatants.

Pendant trois siècles de victoires
Le Sarmate, toujours vainqueur,
De l'Europe défend les gloires,
Et seul en soutient la grandeur.
Ses rois, citoyens magnanimes,
Les Piasts, les Jajellons sublimes [5],
Le guident tous vers ces remparts,
Qui, mortel effroi de la terre,
Sont l'affreux et sanglant repaire
Du cruel destructeur des arts.

Et, lorsque dans Vienne en alarmes,
Dirigeant ses sombres drapeaux,
Il baigne la terre de larmes
Par le trépas de ses héros;
Sur l'Europe versant l'Asie,
Quand il répand et l'incendie,
Et l'innombrable essaim des maux,
Le vainqueur de Kotzim s'avance [6],
Et, second Martel, il s'élance,
Frappant de mort tous ces bourreaux.

Il refoule, rempli de gloire,
Tel qu'un nouveau Léonidas,
Ce Xerxès dont la Victoire
Rougit de suivre les soldats.
De ses chameaux et de ses tentes,
Semés dans les plaines sanglantes
Où le Danube épand ses flots,
Composant ses riches trophées,
Les discordes sont étouffées
Par ce modèle des héros.

Mais, hélas! à la noire Envie
Un peuple n'est pas moins soumis
Qu'un citoyen dont le génie
Lui suscite des ennemis :
Le Sarmate, pour récompense
De ses vertus, de sa vaillance,
En subit toutes les fureurs;
Et va, vainqueur de l'islamisme,
Victime de son héroïsme,
Tomber du faîte des grandeurs !

Dieu! qui l'eût dit? les rois eux-mêmes,
Dont, en ses immortels combats,
Seul il sauva les diadèmes,
L'orgueil, la gloire et les états ;
Les rois, voilà les grands coupables,
De ces forfaits abominables
Qu'aurait dû punir l'univers ;
Et ce sont eux dont l'injustice
Livre le Sarmate au supplice
De porter à jamais des fers !

Pareils aux hideux volatiles
Qui déchirent en noirs lambeaux,
Dans le sein de leurs doux asiles,
Les chairs d'innocents animaux ;
Ils le surprennent sans défense,
Et malgré la rare vaillance
Du plus grand de ses citoyens [7],
Ils s'en disputent la dépouille,
Et sans pudeur chacun se souille
Du vol affreux de tous ses biens [a].

Depuis ce temps, tel que cet homme
Proscrit, ainsi qu'un criminel,
Tandis que partout on renomme
Son cœur aussi pur qu'un beau ciel !
Tel que cet accusé sublime,
Dont la vertu fait tout le crime,
Et qui succombe sous l'erreur,
Chaque matin, quand vient l'aurore,
Désolé, le Sarmate implore,
Le secours d'un libérateur.

Pour adoucir sa triste vie,
Une élite de ses enfants
Va seule loin de la Patrie
Combattre et vaincre les tyrans :
Sous les pas des Français qu'elle aime,
O, pour son cœur, plaisir suprême !
Elle cueille avec leurs héros,
Et les palmes de l'Italie
Et les lauriers de l'Ibérie,
Qui la consolent de ses maux.

Elle traverse l'Atlantique,
Et sur l'univers de Colomb
Avec eux arbore, héroïque,
L'aigle d'or de Napoléon ;
Revient aux murs qui l'ont vû naître,
Victorieuse, se repaître
Du souvenir de ses exploits ;
Et se rejoignant à ses pères,
Attend les jours doux et prospères,
De se ressaisir de ses droits[9].

Quand soudain des murs de Lutèce,
Jusques au fond de l'univers,
Un cri de sublime allégresse
Soulève les peuples divers !
Remplis d'une haine profonde,
Ces Français, la terreur du monde,
Brisent une seconde fois
Leurs fers sur le front de ces princes
Qu'en s'emparant de leurs Provinces
Leur avaient imposés les Rois.

Au bruit qui frappe son oreille,
Bien qu'assoupi du poids des maux,
Le Sarmate soudain s'éveille
Et s'arme contre ses bourreaux !
Baigné dans le sang et les larmes,
Il appelle, terrible aux armes,
Vieillards, femmes, filles, enfants ;
Et de ses murs le Moscovite
Chassé sans pitié, dans sa fuite,
Subit l'opprobre des tyrans [10].

O, qui témoin dans ses murailles
D'un peuple réclamant ses droits,
Le peindra volant aux batailles
Pour l'amour de ses saintes lois !
Sur l'airain, la toile ou la lyre,
Qui dignement saura redire
Du Sarmate le noble essor,
Lorsqu'à son tour brisant sa chaîne,
Il s'émancipe, et dans sa haine
A ses Tyrans porte la mort !

❀

Égalant tous ces Grecs sublimes
Volant aux champs de Marathon,
Et ces Romains qui magnanimes
Bravent Annibal sous Varron,
Ces Français qui non moins célèbres
Se couvrent de voiles funèbres
Et vont mourir à Waterlo,
S'élancant de sa ville sainte ",
Tout un peuple vole, et sans crainte
Affronte et combat son bourreau.

La faulx recourbée et tranchante,
Par qui s'abattent les moissons,
Telle est l'arme horrible et sanglante
Qu'il oppose à ses bataillons :
Pour assurer ses funérailles,
Au bronze grondant des batailles
Il sait la joindre tour à tour ;
Et frappe, renverse et moissonne,
Comme les feuilles de l'automne,
Ses ennemis privés du jour.

*

Précédés de ce chef superbe,
Naguère vainqueur aux Balkans,
Qui veut ensevelir sous l'herbe
Et Varsovie et ses enfants,
En vain des essaims de barbares
Russes, Cosaques et Tartares,
Vaincus, retournent aux combats ;
Adopté par la Victoire,
Et plein de son antique gloire,
A tous il donne le trépas.

Mogols, Kalmouks, Baskirs, Kirguises,
Tous défaits dans ces jours sanglants,
En vain sur des héros novices
Vous lancez vos coursiers fumants;
Au désespoir joignant la ruse,
Du fer que brandit le Krakuse [11]
Vous repoussez en vain les coups:
Sous le plus grand des peuples slaves,
Périssez, vil troupeau d'esclaves;
Pour vous ce trépas est trop doux.

Mais qui l'eût dit? ô honte! ô crime!
Pour l'accabler, ses vils bourreaux,
Contre tout un peuple sublime
Ont conjuré tous les fléaux!
Aveuglé d'une horrible haine,
Parmi ses camps Diébitch promène
Ce monstre au souffle destructeur,
Qui, sorti des champs de l'aurore,
En sa course immense dévore
Le genre humain dans sa fureur [13].

Nouvel Attila, le barbare
Prétend dans son aveugle orgueil,
D'humanité toujours avare,
Jeter ce grand peuple au cercueil.
Son dépit, qui partout éclate,
Confondant Français et Sarmate,
Après les combats de Groschow,
Va l'entraîner jusques en France,
Rempli d'une horrible démence,
Venger son maître Romanow !

❋

O quel transport, à la nouvelle
De ce lâche et cruel dessein,
Du Sarmate au Français fidèle
Embrase tout à coup le sein !
Pour braver l'affreuse furie,
Il appelle une autre patrie "
A son secours contre le czar ;
Et se riant de sa colère,
Au grand peuple, son noble frère,
Va de son corps faire un rempart.

Mais, ô justice ! la Nature,
S'armant pour un peuple innocent,
Elle-même venge l'injure
Dont l'accable un cruel tyran.
Tout à coup un tiéde zéphyre,
En soufflant sur le vaste empire
Où règnent d'éternels frimats,
Au despote à jamais funeste,
Achève d'engloutir le reste
De ses innombrables soldats.

Poursuivant Romanow lui-même,
Quels cris élancés dans les airs
Font chanceler son diadème,
Et le troublent dans ses déserts ?
Partis de la France irritée,
Et de son crime épouvantée,
Ces cris sont les accusateurs
D'un souverain qui, sans clémence,
Ose immoler dans sa vengeance
Un tendre frère à ses fureurs !

Arrête! dit la France entière
Au maître des vastes états
Dont le soleil, dans sa carrière,
Fuit les effroyables climats;
Arrête! ô potentat superbe
De cet empire qui sous l'herbe
Jeta deux fois cet univers [15] :
Il en est temps, cesse des crimes
Dont les innocentes victimes
Me font couler des pleurs amers.

Ignores-tu que tous ces Slaves
Qu'en vain tu veux anéantir,
Ont, avec mes fils les plus braves,
Rendu plus grand mon avenir?
Que, comme moi, de gloire avides,
Ils ont au front des Pyramides
Plantés ce magique drapeau,
Qui, tel que Dieu de la poussière
Tire les peuples de la terre,
Leur sert de guide et de flambeau!

Touchés de leurs vertus sublimes,
Vois tous les peuples à leur sort
S'intéresser, et, magnanimes,
Désirer leur gloire et ta mort !
Remplis des plus saintes colères,
Vois les fils, les femmes, les mères,
Et les plaindre et les secourir ;
Et, s'indignant tous de ta haine,
Brûler de voir briser la chaîne
Qui n'a cessé de les flétrir.

Ne sais-tu pas qu'aux jours d'entrave
Où par l'homme, l'homme insulté,
Gémissait, malheureux, esclave,
Privé d'honneur, de liberté,
Ont succédé ces jours de gloire,
Et de grandeur et de victoire,
Consolateurs de l'univers ;
Et que, seuls parmi tes contrées
Et tes plages hyperborées,
Les humains sont encor aux fers !

Abjure, il est temps, ta vengeance;
Et rends, au nom des saintes lois,
Au Sarmate l'indépendance,
A l'humanité tous ses droits.
Que si tu prétendais encore
A la douleur qui me dévore,
Ne pas apporter une fin,
Avec les Francs... Ah ! crains le monde,
Qui, rempli d'une horreur profonde,
Va punir un prince inhumain.

Affreux prélude de la haine
Des hommes et des cieux unis,
Contre toi-même se déchaîne
Le noir fléau de ton pays !
Au sein de ton immense armée,
Tombe veuf de sa renommée
Le plus fameux de tes guerriers,
Que l'affreux choléra dévore,
Et qui, mourant, en vain implore
L'honneur promis à ses lauriers [16].

Tremble ! contre toi l'Angleterre,
Se joignant à mes matelots,
Se lève, et va fondre en colère
Sur tes ports et sur tes vaisseaux.
En vain, retranché dans la zone
Qu'un hiver éternel couronne,
Tu te ris de notre traité :
Plus heureuse que Bonaparte,
Nous t'attaquons avec la charte,
Et t'imposons la liberté.

Ah ! déjà de ta métropole,
L'homme au cœur ardent, généreux,
S'agite, et sous le froid du pôle
Se sent brûler de nobles feux.
Las enfin de l'horrible injure
Que font à toute la nature
Et tes ukases et tes lois,
Il soulève la lourde chaîne
Qu'en souffrant à ses pieds il traîne,
Et s'apprête à venger ses droits.

Puisse la liberté puissante
Arborer, sans notre secours,
Cette bannière triomphante
Qui de nos maux finit le cours!
Au Kremlin, comme au Capitole,
Qu'elle apparaisse, flotte et vole
Une autre fois pour le bonheur
Du Sarmate et du Moscovite,
Qu'en vain ton despotisme excite
A s'égorger dans leur fureur.

Oui, réunis malgré tes haines,
Sur l'autel de la liberté,
Ils briseront un jour les chaînes
Que forgea l'inhumanité.
Ah! dans des temps chers et prospères,
Tous les Slaves étaient des frères
Formant cet empire fameux,
Qui vit la pompe triomphale
De Gengis-kan dans le Bengale
S'approcher du pouvoir des dieux.

J. M. P.

NOTES.

[1] Le Palatin était un suzerain dans la république féodale.

[2] Le Castellan était un châtelain.

[3] Les chevaliers de la république.

[4] Athènes.

[5] Noms des deux premières dynasties de la Pologne.

[6] Sobieski.

[7] Kosciusko.

[8] Le roi de Prusse, l'empereur d'Autriche, et celui de Russie.

[9] Légions polonaises d'Italie, d'Espagne et de Saint-Domingue.

[10] Journées de septembre à Varsovie, contre-coup de celles de Paris, Bruxelles, etc.

[11] Varsovie.

[12] Soldats-citoyens, comme les volontaires de France en 1791.

[13] Choléra-morbus sorti du Bengale.

[14] La Lithuanie, berceau de la Pologne, comme les Ukraines, etc.

[15] Le désert de Kobi, en jetant la première fois Attila sur l'Europe, et la seconde fois les lieutenants de Gengis-kan, couvrit, comme on sait, l'univers de cendres et de ruines.

[16] Mort de Diebitch par le choléra-morbus.

Saint-Germain-en-Laye, imprimerie d'A. Goujon.